Kat van Casteren
Das Schiff
Fantasy-Spielbuch

Kat van Casteren

Das Schiff

Fantasy-Spielbuch

Impressum

Bibliografische Information der Deutschen Nationalbibliothek:
Die Deutsche Nationalbibliothek verzeichnet diese Publikation
in der Deutschen Nationalbibliografie; detaillierte bibliografische Daten sind im Internet über http://dnb.dnb.de abrufbar.

Die automatisierte Analyse des Werkes, um daraus Informati-
onen insbesondere über Muster, Trends und Korrelationen ge-
mäß §44b UrhG („Text und Data Mining") zu gewinnen, ist un-
tersagt.

© 2024 Kat van Casteren

Cover-Design: Umer @Fiverr

Herstellung und Verlag: BoD – Books on Demand, Nor-
derstedt

ISBN: 978-3-75836-7915

Inhaltsverzeichnis

So spielst Du diese Geschichte

Dies ist ein interaktives Abenteuer, das heißt: mit Deinen Entscheidungen navigierst Du Dich selbst durch die Geschichte und beeinflusst ihren Ausgang. Alles, was du benötigst, ist eine Münze, Neugier und ein bisschen Humor.

Von Abschnitt zu Abschnitt gelangst Du ganz altmodisch per Blättern, im E-Book sind die einzelnen Abschnitte jedoch auch miteinander verlinkt. Klicke einfach auf die Abschnittnummer, zu der du gelangen möchtest oder verwende das Inhaltsverzeichnis.

Und nun: stell Dir ein Getränk bereit, dimme das Licht und lass Dich an einen fernen Ort entführen…

Mit der Dunkelheit wird es still im Wald. Eine Kühle steigt aus der Erde, die Dich frösteln macht. Am Himmel steht der Mond und wirft sein fahles Licht durch die Wipfel der Erlen und Weiden. Feiner Nebel kriecht aus dem Moos. In der Nähe singt ein Käuzchen. Du schlingst den Mantel fester um die Schultern und setzt Deinen Weg fort. Es kann nicht mehr weit sein. Du erklimmst eine Anhöhe und plötzlich liegt es vor Dir. Der Anblick ist bizarr und überwältigend zugleich. Mitten im Wald, bedeckt von Moosen und Gräsern, liegt ein Schiff. Zwei seiner Masten sind zerbrochen, nur der dritte ragt schief aus dem gewaltigen Rumpf und hält beharrlich Fetzen einer verwitterten Flagge, die sich sacht im Nachtwind hin und her bewegt. Ob wirklich ein Schatz an Bord war? Du bist nicht sicher, ob nach so langer Zeit noch etwas zu finden sein wird. Willst Du es herausfinden? Dann lies weiter bei 1.

1

Du steigst die Anhöhe hinab und spürst ein Kribbeln in Deinem Nacken. Für einen Augenblick hast Du das Gefühl, dass hier noch jemand ist. Du hältst inne. Durch die Blätter des Waldes rauscht leise der Wind. Am Himmel ziehen Wolken über den Mond. Du lauschst in die Nacht. Alles scheint friedlich. Du setzt Deinen Abstieg fort. Je näher Du dem Schiff kommst, desto gewaltiger wird es. In seinem Rumpf an Backbord klafft ein Loch, groß wie ein Burgtor. Willst Du Dich ins Innere des Riesen wagen (58)? Oder willst Du Dich draußen noch ein wenig umsehen (55)?

2

Du schaust eine Weile etwas unschlüssig auf die dicke Spinne auf dem Kissen. Sie kommt Dir vor wie ein stiller Wächter. Wenn Du es Dir recht überlegst, kommt es Dir sogar so vor, als würde das Biest Dich genau beobachten. Dir läuft ein

Schauer über den Rücken. Als würde etwas Ungutes geschehen, wenn Du die Laken berührst. Deine Finger zittern etwas, als Du die Hand ausstreckst. Du erstarrst. Hat sich da etwas bewegt? Aus den Augenwinkeln schaust Du nach der Spinne. Sie hockt noch immer an ihrem Platz. Du fasst Dir ein Herz und schlägst das Laken zurück. Dein Magen zieht sich zusammen. Darunter tummelt sich ein ganzes Spinnennest. Die aufgeplatzte Matratze ist voller weißer Kokons. Du lässt hastig das Laken fallen, als das Gewusel sich plötzlich in Deine Richtung bewegt. Du weichst ein paar Schritte zurück und beschließt, das Bett einfach Bett sein zu lassen (63).

3

Du blickst hinauf zum Himmel und siehst zu, wie die Wolken über den Mond ziehen. Du atmest tief ein und aus. Dann wendest Du Dich wieder dem Schiff zu (72).

4

Ja, da war noch etwas! Du kramst in Deinen Taschen und ziehst den rostigen Schlüssel hervor. Du steckst ihn ins Schloss und drehst ihn herum. Er passt! Es gibt ein feines Klacken, dann lässt sich die Tür nach innen öffnen (28).

5

Du tastest das morsche Holz ab und suchst Dir eine gute Stelle für den Aufstieg. Wirf eine Münze. Zeigt sie Kopf (49)? Oder Zahl (15)?

6

Bist Du größer als 1 ¾ Schritte (60)? Oder eher klein (34)?

7

Du trittst an das gewaltige zweirädrige Steuer. In stiller Vorfreude reibst Du Dir die Hände und packst dann zwei der dicken Holzgriffe. Mit voller Kraft wirfst Du Dich nach Steuerbord und fällst dabei fast auf die Planken. Das Rad bewegt sich nicht um Haaresbreite. Du ruckelst noch ein wenig daran herum, dann zuckst Du mit den Schultern und schaust Dich weiter um (32).

8

Du schreitest den Raum der Länge nach ab und besiehst Dir die Haken an den Wänden genauer. Das Messing ist angelaufen, doch die Form selbst ist gut erhalten. Insgesamt sind es zwölf Haken auf jeder Seite der Wand, die sich genau gegenüberliegen. Du besiehst Dir die Reste genauer, die an einigen Stellen schlaff herabbaumeln. Sie bestehen aus filigran geflochtenem Hanfseil, das unter Deinen Fingern fast zerfällt. Nach einigem Grübeln kommt Dir der Gedanke, dass es sich wahrscheinlich um Überreste von Hängematten handelt, die man zwischen die Messinghaken gespannt hatte. Willst Du Dir noch die Kisten am Boden ansehen (44)? Du kannst auch die Leiter nach oben nehmen (21) oder das Schiffsinnere wieder verlassen (55).

9

Leise siehst Du Dich um. Als Du die wuchernden Pilze am Rumpf näher betrachtest, fällt Dir an einer Stelle ein seltsames Muster auf. In Richtung Heck klafft in zwei Schritten Höhe ein Loch. Willst Du Dir das genauer ansehen (70)? Oder willst Du lieber nach demjenigen suchen, der vor Dir hier gewesen ist (36)? Du kannst auch die Pilze näher in Augenschein nehmen (61) oder das Heck umrunden, um zurück auf die Backbordseite zu gelangen (72).

10

Auf dem glatten Holz des Schreibtisches kleben Fetzen von Papier mit unleserlicher Schrift. Am Kopf gibt es eine Einlassung, in der einst ein Tintenfässchen samt Feder gestanden haben muss. Die in den Sockel eingelassenen Schubladen stehen offen und sind bis auf Spinnenweben und einer Kolonie von Pilzschwämmen gähnend leer. Vom Schreibtischstuhl fehlt jede Spur. Unter der Tischplatte gibt es noch eine schmale Schublade, doch sie lässt sich nicht öffnen. Die Regale an den Wänden sind bis auf einen zerbrochenen Krug ebenfalls bereits geplündert. Der Boden liegt voller Tonscherben. Du trittst zum Bett und öffnest die Kästen unter der Liegefläche. Auch sie sind leer. Die einst weißen Laken sind voller Löcher und Brandflecken, die Matratze hat jemand aufgeschlitzt. Auf dem Kissen sitzt eine große schwarze Spinne. Das Einzige, was der Zeit getrotzt zu haben scheint, ist der Leuchter aus Messing und Glas, der über dem Schreibtisch von der Decke hängt. Hast Du hier genug gesehen (57)? Oder möchtest Du Dich noch ein wenig weiter umsehen (63)?

11

Du hebst die Luke an, doch sie scheint zu klemmen. Du tastest den Boden ab und findest einen morschen Riegel. Mit lautem Kratzen und Knirschen lässt er sich beiseite ziehen. Jetzt kannst Du die Luke öffnen und schaust auf eine Treppe hinab. Durch das Mondlicht, das durch die Ritzen des Rumpfes dringt, kannst Du einige Fässer und Kisten erkennen. Willst Du hinunter steigen (33)? Oder hast Du hier noch etwas zu erledigen (64)?

12

Du gehst ein paar Schritte, schlüpfst unter der riesigen Eisenkette hindurch und näherst Dich dem mannshohen Anker. Um das rostige Eisen sprießen Haselbuschzweige und Ebereschen. Die Kette ist straff gespannt, und eine Spitze des Ankers hat sich tief in die Erde gegraben. Als Du zurückblickst, fällt Dir auf, wie schief das Deck steht. Das Schiff liegt auf der Seite wie ein Gestrandeter. Es sieht ganz so aus, als hätte die Besatzung in einem verzweifelten Manöver versucht, hier notzuankern. Dir wird ein wenig mulmig zumute. Die Gegend sieht nicht aus, als wäre sie in letzter Zeit von Wassermassen heimgesucht worden. Nachdenklich gehst Du zurück zum Bug. Möchtest Du Dir die Galionsfigur näher ansehen (67)? Oder interessierst Du Dich mehr für das Namensschild (42)? Du kannst Dich auch auf die Steuerbordseite begeben (9), zum Heck gehen (72) oder Dich durch das Loch an Backbord ins Innere wagen (58).

13

Du fasst Dir ein Herz und schwingst Dich über die Reling. Die Wanten selbst sind noch immer ordentlich gespannt. Sorgen machen Dir nur die dünneren Webleinen, die Dir als Trittleiter hinauf dienen sollen. Viele von ihnen fasern auf oder hängen in Fetzen herab. Ein Blick hinauf sagt Dir, dass dies eine ziemlich kraft- und nervenaufreibende Kletterei werden wird. Möchtest Du es dennoch versuchen (54)? Oder ist Dir Dein Leben lieb (32)?

14

Du wendest Dich wieder dem Inneren der Kombüse zu. Willst Du Dir noch die Feuerstelle ansehen (71)? Oder zurück zum Unterdeck gehen (64)?

15

Du gräbst Deine Finger in die moosigen Vorsprünge und drückst Dich vom Boden ab. Doch Dein rechter Fuß findet keinen Halt an der glitschigen Holzwand. Du rutschst ab, schlägst gegen den Rumpf, krallst die Kuppen tiefer in die Leisten und spürst, wie Dir die Kraft aus den Fingern schwindet. Dir bricht der Schweiß aus, dann fällst Du wie ein nasser Sack einen halben Fuß tief und landest mit deinem Hintern auf dem Waldboden (18).

16

Du klemmst die Zungenspitze zwischen die Lippen und kippst die Lampe ein wenig, dann stutzt Du. Das ist gar kein Insekt, sondern ein kleiner Schlüssel! Es dauert einen Moment, bis Du ihn aus der Öffnung gefingert hast. Tatsächlich hältst Du einen filigranen Messingschlüssel in den Händen. Wenn Du es Dir recht überlegst, sieht er aus, als könnte er perfekt in das Schloss einer Schublade passen. Du fackelst nicht lange und begibst Dich auf die andere Seite des Schreibtisches. Du tastest nach der kleinen Schublade unter der Tischplatte und zückst den Schlüssel. Er passt! Es knirscht und quietscht, als Du ihn im Schloss herumdrehst. Dann lässt sich die Schublade aufziehen. Gespannt wirfst Du einen Blick hinein. Dort liegt ein Buch mit abgegriffenem Ledereinband. Du kannst keinen Titel erkennen. Etwas enttäuscht nimmst Du es heraus und fängst arglos an zu blättern. Du drehst Dich zum Fenster, um den Inhalt im Mondlicht besser erkennen zu können und errötest. Die Seiten sind angefüllt mit Bildern von unbekleideten Damen und Herren in allen erdenklichen Formen und Farben, die schwer damit beschäftigt sind, sich gegenseitig Freude zu bereiten. Du zwingst Dich, die anregende Lektüre zu beenden, als Du aus dem nahen Wald ein lautes Knacken hörst. Willst Du das Buch für spätere frohe Stunden einstecken (40)? Oder hinterlässt Du lieber alles so, wie Du es vorgefunden hast (63)? Merke Dir noch das Wort LIBELLE, bevor Du diesen Abschnitt verlässt.

17

Die kleine Tür ist nur schulterhoch und außerdem morsch wie alles Holz auf dem Schiff. Die dunklen Latten werden nur noch von zwei Messingbeschlägen an ihrem Platz gehalten. Du greifst nach dem Knauf und ziehst. Die Tür klemmt. Du versuchst es noch einmal. Es knackt und knirscht und Du hältst den Knauf samt abgebrochener Holzlatte in den Händen. In der Tür klafft ein großes Loch. Willst Du Dich hindurchwinden, um auf die andere Seite zu gelangen (41)? Oder siehst Du Dich lieber noch ein wenig um (64)?

18

Du trittst zurück in den Schatten des Schiffsrumpfes. Du kannst zum Bug gehen (23), Dir das Loch im Heck ansehen (70), Dir das Achterkastell vornehmen (72) oder die Pilze am Rumpf untersuchen (61). Natürlich kannst Du auch nach Spuren von jemandem suchen, der vor Dir hier gewesen ist (36).

19

Die Stufen sind schief und ausgetreten und ächzen unter Deinen Tritten. Als Du das Deck erreichst, fällt Dir als erstes der abgebrochene Kreuzmast ins Auge. Wie ein gefällter Baum liegt der gewaltige Stamm über Deck. Die Wucht seines Falls hat ein Loch von der Größe eines kleinen Verlieses in das Kastell geschlagen. Überall liegen Holzsplitter. Die zerfetzten Segel hängen wie Spinnweben von den Rahen. Du machst ein paar vorsichtige Schritte. Die Planken unter Deinen Füßen geben fast unmerklich nach und knarzen bedenklich. Du beugst Dich vor, um einen Blick in das Loch zu erhaschen. In der Tiefe glimmt ein silbriger Schimmer. Das morsche Holz der Planken ächzt noch einmal, dann brichst Du mit dem rechten Fuß ein. Du kämpfst mit Deinem Gleichgewicht und landest auf Deinem Hintern. Hastig rappelst Du Dich auf und verlässt diesen gefährlichen Ort (32).

20

Es ist nicht ganz einfach, an den Holzlatten vorbeizukommen. Du betrachtest einen Augenblick den Wirrwarr aus spitzen Stäben vor Dir. Da ist lediglich eine kleine Lücke, die aussieht, als würdest Du halbwegs hindurchpassen. Vorsichtig setzt Du einen Fuß über die Holzsplitter, duckst Dich unter einer Latte hindurch, windest Dich nach links und ziehst den anderen Fuß nach. Geschafft! Mit einem guten Gefühl setzt Du den Aufstieg fort, als es über Dir plötzlich rumpelt. Du hältst inne und starrst hinauf in den dunklen Gang. Nichts. Du hörst ein leises Quietschen, wie von einer Tür mit schlecht geölten Scharnieren. Dein Herz pocht wie wild und Dein Verstand arbeitet fieberhaft. Irgendjemand muss sich noch hier im Schiffswrack herumtreiben. Willst Du Deinen Weg fortsetzen (48)? Oder kletterst Du lieber zurück (73)?

21

Das Gerüst und die Sprossen der schmalen Leiter sind aus Messing, doch das Holz, in der sie verankert ist, ist morsch und hat bedenkliche Lücken. Du schaust Dich um, doch es scheint der einzige Weg hinauf und tiefer in das Schiff zu sein. Vorsichtig steigst Du auf die erste Sprosse und ziehst Dich ein Stück hinauf. Die Konstruktion wackelt, scheint aber zu halten. Langsam arbeitest Du Dich nach oben vor und kletterst auf die schiefe Ebene (64).

22

Über Dir steht das Sternbild des Bärenhüters. Ein paar Wolken ziehen träge über den fast vollen Mond. Unter Dir liegt der Wald wie ein dunkles Meer. Im Osten steigt Nebel aus den Wipfeln. Auf der Lichtung unter Dir tritt ein Reh aus den Schatten der Bäume und verschwindet rasch wieder darin. Weit im Westen glimmen die Lichter der Stadt. Du setzt Dich bequem zurecht, um noch eine Weile die Aussicht zu genießen, da stößt Dein Fuß gegen einen kleinen Gegenstand. Es klackert, als er gegen die Wand der Tonne prallt. Du tastest den Boden ab und hebst ein Kästchen auf. Es ist kaum größer als ein Schnapsbecher. Das Holz ist mit feinen Schnitzereien geschmückt. Deine Finger suchen nach einer Lücke, und tatsächlich lässt es sich öffnen. Darin befinden sich zwei Dinge: etwas, das wie ein verschrumpelter Haselnusskern aussieht und ein Ring, in den drei feinfacettierte Edelsteine eingefasst sind. Im blassen Mondlicht kannst Du zwar nicht erkennen, ob der Ring aus Silber oder aus Gold besteht, aber er sieht sehr wertvoll aus. Du hast einen kleinen SCHATZ gefunden und solltest Dir dieses Wort merken! Mit einem zufriedenen Seufzer legst Du den Ring zurück, klappst das Kästchen zu und steckst es in eine Deiner Taschen. Du lässt noch eine Weile die Schönheit des Nachthimmels auf Dich wirken, dann machst Du Dich beschwingt an den Abstieg (46).

23

Du bewegst Dich am Rumpf entlang und betrachtest das moosüberwachsene Holz. Hin und wieder wird das Grün von schwarzen Flecken unterbrochen. Als Du näher hinsiehst, erkennst Du ein überwuchertes Schild mit Messingbeschlägen. Hier muss einst der stolze Name des Schiffes gestanden haben. Zeit und Witterung haben nur zwei Buchstaben zurückgelassen: G und N. Aus der Bugspitze ragt eine zersplitterte Lanze.

Die Galionsfigur darunter ist im Vergleich zu anderen Teilen des Kolosses noch erstaunlich gut erhalten. Sie zeigt eine Frau mit gekreuzten Schwertern vor der Brust. Willst Du die Figur genauer betrachten (67)? Oder versuchst Du das Moos vom Messingschild zu wischen (42)? Du kannst Dich auch auf die Rückseite des Schiffes begeben (30), der Ankerkette folgen (12) oder Dich im Inneren des Schiffsrumpfes umsehen (58).

24

Beide Türen sind etwas weniger als mannshoch und sehen im Vergleich zu vielem anderen hier noch ziemlich gut erhalten aus. Die Tür an Backbord ist von Schlingpflanzen überwuchert und steht einen Spalt offen. Die Tür an Steuerbord ist fest verschlossen. Willst Du hinaus an Deck gehen (31)? Oder Dir die verwunschene Tür an Backbord ansehen (43)? Du kannst Dir auch die verschlossene Tür noch einmal vornehmen (68) oder durch die offene Tür am Ende des Ganges treten (74).

25

Auf den Stahltischen liegt Staub, doch die Natur hat keinen Weg gefunden, ihn sich nutzbar zu machen. Die Platten sind auf einer Höhe angebracht, wie ein Kind sie bevorzugen würde. Auch die Kochutensilien hängen seltsam tief. Um die Kellen, Töpfe und Pfannen spannen sich löchrige Spinnweben. In den Körben und Schubladen findest Du ein paar Schalen und Krüge aus Ton, alle leer. In einer liegt ein Satz Holzlöffel. Von der Decke hängen Reste von dünnen Seilen und Haken, an denen einst vielleicht Schinken, Zwiebeln, Knoblauch und Kräuter herabbaumelten. Auf einem schweren Holzschemel, der gleichzeitig als Tritt gedient haben muss, thront ein zerbeulter Kupferkessel mit abgebrochenem Henkel. Willst Du Dir noch die Feuerstelle ansehen (71)? Oder einen Blick auf den

Kupferkessel werfen (38)? Vielleicht hast Du aber auch genug gesehen (64)?

26

Vorsichtig näherst Du Dich dem offenen Fenster und reckst den Hals hinaus. Am Boden liegt der Fremde wie ein plattgetretener Frosch. Ein feiner Nebel aus aufgewirbeltem Staub wabert um seine bärenhafte Gestalt. Du betrachtest den Mann mit einer Mischung aus Schrecken und Neugier. Dann räusperst Du Dich. Vielleicht braucht er ja Hilfe? Von unten kommt ein leises Stöhnen und Knurren. Der Fremde rappelt sich auf und schüttelt sich wie ein nasser Hund. Plötzlich hält er inne, als wäre ihm ein Geistesblitz gekommen und hebt langsam den Kopf zu Dir hinauf. Du zuckst zurück, als sich Eure Blicke treffen. Der Fremde zuckt ebenfalls. Dann wirbelt er herum und rennt in heillosem Tempo auf den nächsten Busch zu. Ehe Du Dich versiehst, verschlingen ihn die Schatten des Waldes. Du hörst noch eine Weile dem hektischen Knacken der Äste zu, als der Fremde sich entfernt. Dann schüttelst Du den Kopf und wendest Dich dem Inneren der Kajüte zu (10).

27

Starr vor Schreck hängst Du halb in der Öffnung. Keine zwei Schritte von Dir entfernt hockt ein gewaltiger Uhu auf einem Schreibpult und glotzt Dich indigniert an. Die Klauen seiner Linken liegen auf den Seiten eines aufgeklappten Wälzers. Wenn Du es nicht besser wüsstest, könnest Du meinen, Du hättest den Vogel bei einer äußerst wichtigen Lektüre gestört. Du willst schon aufatmen, da spreizt das Ungetüm drohend seine Flügel und schreit Dir einen ohrenbetäubenden Fluch entgegen. Eine steife Brise erfasst Dich und reißt Dich von der Öffnung weg. Du verlierst das Gleichgewicht und plumpst wie ein nasser Sack auf den Waldboden. In Deinen Ohren fiept es. Erst

als Du Dir den Dreck von den Kleidern geklopft hast, kommst
Du richtig zu Dir. Hast Du Dir das eingebildet oder hat Dich
eben ein Uhu aus den Stiefeln geschrien? Du schaust hoch zum
Loch im Heck, schüttelst Dich und beschließt, nicht noch einmal hinaufzuklettern. Stattdessen kannst Du das Heck umrunden, um nach Backbord zu gelangen (55), zum Bug (23) oder
zum Heck gehen (72) oder noch eine Weile den Mond anstarren
(3).

28

Vorsichtig öffnest Du Dir Tür und möchtest Sie gleich wieder schließen. Auf einem Tisch voller aufgeschlagener Bücher
hockt ein riesiger Uhu und glotzt Dich indigniert an. Noch irri-
tierender ist, dass in dem Deckenleuchter Licht brennt. Der
monströse Vogel tritt von einer Klaue auf die andere und holt
Luft wie ein Lehrer, der seinen Schülern gleich eine saftige
Strafarbeit aufbrummt. Willst Du Dich lieber erst noch woan-
ders umsehen (53)? Oder wappnest Du Dich innerlich für das
anstehende Gefecht (37)?

29

Auf den ersten Blick sind die Regale so gut wie ausgeräumt.
Auf den zweiten Blick ergeben sich nicht wirklich neue Er-
kenntnisse. Die Verzierungen an der Holzverkleidung sagen
Dir, dass es sich einst um schöne Stücke gehandelt haben muss.
Jetzt sind die Regale voller Spinnenweben und Tonscherben
(63).

30

Du umrundest den Bug und findest Dich im Schatten des
gewaltigen Rumpfes wieder. Durch die Ritzen der Holzleisten
quetschen sich Schwämme und Pilze in allen erdenklichen Farben. Du gehst ein paar Schritte und stutzt. Zu Deinen Füßen

glimmt etwas. Du beugst Dich hinab und streckst Deine Hand-
flächen dem Boden entgegen. Tatsächlich: da ist Asche und
noch ein Rest Glut von einem Feuer. Du hältst den Atem an und
horchst in die Nacht. Doch außer dem Wind in den Blättern ist
nichts zu hören. Du bleibst in der Hocke und siehst Dich um.
Dir läuft ein Schauer über den Rücken, als Dir klar wird, dass
außer Dir noch jemand hier sein muss (9).

31

Vor Dir, noch unter der Überdachung liegt das gewaltige
zweirädrige Steuer. An Deck ist es gespenstisch ruhig. Du
lauschst auf die Geräusche der Nacht, doch nicht einmal der
Wind in den Blättern ist hier zu hören. Zu Deinen Füßen führt
eine Stiege unter Deck. Ein paar Schritte bugwärts ragt der einzige erhaltene Mast aus den Planken. Hinter Dir liegt das Achterkastell. Zu beiden Seiten des Kastells gibt es einen Aufgang
zum Hüttendeck. Willst Du Dir den Mast ansehen (46)? Du
kannst auch einen der Aufgänge zum Hüttendeck nehmen (19)
oder Dir das Steuerrad ansehen (7). Vielleicht hast Du aber
noch etwas unter Deck zu erledigen (64)? Oder Du gehst zurück hinein in das Achterkastell (59).

32

An Deck ist es gespenstisch ruhig. Du lauschst auf die Geräusche der Nacht, doch nicht einmal der Wind in den Blättern
ist hier zu hören. Ein paar Schritte bugwärts ragt der einzige
erhaltene Mast aus den Planken. In Richtung Heck liegt hinter
dem großen Steuerrad der Durchgang in das Achterkastell. Zu
beiden Seiten des Kastells gibt es einen Aufgang zum Hüttendeck. Willst Du Dir den Großmast ansehen (46)? Du kannst
auch einen der Aufgänge zum Hüttendeck nehmen (19). Vielleicht hast Du aber noch was unter Deck zu erledigen (64)? Du

kannst Dir das Steuerrad ansehen (7) oder Du gehst direkt hinein in das Achterkastell (59).

33

Vorsichtig setzt Du einen Fuß nach dem anderen auf das morsche Treppenkonstrukt. Das Holz ist so feucht und ausgetreten, dass es an ein Wunder grenzt, dass Du heil unten ankommst. Du befindest Dich in einem langgestreckten Raum voller Fässer und Kisten, von denen die meisten aufgebrochen und leer sind. Es scheint sich um den Laderaum zu handeln. Einige Kisten sind mit wolkigen Runen beschrieben, doch Du kannst sie nicht entziffern. Alle Kisten sind schmucklos und ähneln sich, als wären sie vom selben Zimmermann an einem einzigen Tag hergestellt worden. Auf dem Boden liegen Holztrümmer. Die Fässer sind alle unterschiedlich und bis auf eines voller Sand und Kiesel leer. Es macht nicht den Eindruck, als wären hier Schätze transportiert worden. Willst Du wieder hinaufsteigen (64)? Oder Dich weiter umsehen (69)?

34

Du tastest Dich durch den schmalen Gang vorwärts und kletterst die Treppe hinauf. Der Weg ist unheimlich steil. Durch die Ritzen der verwitterten Rumpfwand fällt Mondlicht. Ein paar Stufen über Dir ergießen sich Schlingpflanzen ins Innere. Ihre kleinen weißen Blüten leuchten in der Dunkelheit. Dicke Holzlatten ragen aus dem Rumpf und spicken den Gang wie Spieße. Willst Du versuchen, Dich an Ihnen vorbeizuwinden (20)? Oder kletterst Du lieber zurück (14)?

35

Du schüttelst Deine Arme aus, wirfst Dich gegen die Tür und fluchst. Bis auf einen kleinen Rumms und eine höllisch schmerzende Schulter bist Du keinen Schritt weiter. Die Tür ist verschlossen. Vielleicht solltest Du Dich einfach noch ein wenig umsehen (<u>24</u>)?

36

Du tastest durch die Asche und suchst den Waldboden nach Spuren ab. Doch Du kannst nichts entdecken, nicht einmal ein paar abgebrochene Äste. Mit einem Kribbeln im Nacken wendest Du Dich wieder dem Schiff zu (<u>9</u>).

37

Der Uhu saugt jetzt schon so lange die Luft ein, dass er aussieht, als könnte er jederzeit platzen. Deine Rechte greift nach dem Messer, das Du bei Dir trägst, doch bevor Du es ziehen kannst, packt Dich etwas. Hinter Dir schlägt die Tür zu. Du fährst herum. Vor Dir steht eine große ältere Frau mit wirrem, rotem Haar. Aus ihrem langen Gesicht blitzen helle, füchsische Augen. Ein Lächeln liegt auf ihren Lippen, das Dir gar nicht gefällt.

„Sieh an, Ruro", sagte sie. „Wir haben einen heldenhaften Gast!"

Der Uhu gibt ein beleidigtes Schnaufen von sich und wendet sich wieder den Büchern unter seinen Klauen zu.

„Du musst ja ganz schön herumgekommen sein, so wie Du aussiehst."

Du weißt nicht, was sie Dir damit sagen will, aber unwillkürlich schaust Du an Dir herunter und fühlst Dich etwas fehl am Platz. Da Du nichts erwiderst fährt sie fort: „Wir sind gerade dabei, hier ein wenig für Ordnung zu sorgen. Uns ist allerdings aufgefallen, dass nicht alles, was hier sein soll, auch hier ist."

Der Kopf des Uhus ruckt zur Dir herum. Mit großen goldenen Augen glotzt der Dich an, als hättest Du gerade seine Mutter beleidigt. Nervös trittst Du von einem Fuß auf den auf den anderen. Irgendwas an diesem ungleichen Paar ist Dir nicht geheuer. Was auch immer die Tante und der Uhu hier machen, Du willst damit nichts zu tun haben. Du entschuldigst Dich für die Störung und machst einen Schritt auf den Ausgang zu. Doch die Alte ist flinker zwischen Dir und der Tür als Du Mäusekacke sagen kannst.

„Immer schön langsam", sagt sie und Dir fällt jetzt erst auf, dass sie einen langen Stab mit sich herumträgt. „Kann es sein, dass Du etwas bei Dir trägst, dass nicht für Dich gedacht ist?"

Du gibst Dir alle Mühe arglos auszusehen, zuckst aber trotzdem ein wenig zusammen. Wie sieht es aus: sagt Dir LIBELLE etwas (<u>65</u>) oder nicht (<u>47</u>)?

38

Der Kessel ist alt und zerbeult und macht den Eindruck, als ließe sich mit ihm leicht eine ganze Schiffsmannschaft versorgen. Unter dem Rand tastest Du eine kleine Prägung. Sie zeigt ein rundes, lachendes Gesicht, mit stilisierten Bartstoppeln und großen Knopfaugen, darunter zwei gekreuzte Äxte. Die Marke ist Dir unbekannt. Du fragst Dich, was in diesem Kessel schon im Laufe seines Daseins alles so geköchelt hat. Je länger Du darüber nachsinnst, desto mehr Lust bekommst Du, hier und jetzt einen schönen, deftigen Eintopf zu zaubern. Du tätschelst den Kessel, und sofort fallen Dir ein paar Zutaten ein. Durch Deinen Kopf geistert eine Reihe von Gewürzen, von denen Du nur einige mit Namen kennst. Es ist fast, als könntest Du das Essen riechen. Du leckst Dir die Lippen. Ein Jammer, dass die Kombüse nicht mehr in Betrieb ist. Du lässt den Kessel los, und der Drang, unbedingt etwas Essbares zusammenzubrauen, ebbt langsam in Dir ab. Du willst Dich gerade abwenden, da fällt Dir der Umriss einer Klappe hinter dem Kessel ins Auge. Sie ist unter einer stählernen Arbeitsfläche in die Wand eingelassen und reicht Dir höchstens bis zum Knie. Willst Du Dir das näher ansehen (52)? Oder hast Du keine Lust auf dem Boden herumzukriechen (14)?

39

Die seltsame Frau kommt näher und schnüffelt an Dir.

„Es scheint, Du hast es nicht. Gut!"

Sie wendet sich den Büchern auf dem Tisch zu und scheint plötzlich alles Interesse an Dir verloren zu haben. Du stehst ein wenig belämmert da. Nach einer Weile sieht sie von ihrer Lektüre auf und schaut Dich an, als wundere sie sich, dass Du immer noch da bist.

„Du kannst jetzt nach Hause gehen", sagt sie und macht eine fahrige Handbewegung.

Mit Schwung fliegt die Tür auf. Du willst zusammenzucken, doch Du kannst Dich nicht bewegen. Ein Kribbeln wandert über Deine Haut vom Kopf bis zu den Fußspitzen. Plötzlich bewegen sich Deine Glieder ganz von selbst. Ohne dass Du etwas dagegen tun könntest, stampfen Deine Füße auf den Ausgang zu. Alles fühlt sich merkwürdig leicht an, als würde Dein Körper selbst keine Kraft aufwenden. Mechanisch stampfst Du durch den Gang, am Steuerrad vorbei über das Deck, hinein in die Luke zum Unterdeck. Du stampfst an den Ballisten vorbei die Stiege hinunter, durch das Mannschaftsquartier und das große Loch im Rumpf hinein in die Nacht. Es geht weiter in den Wald, nach Westen. Deine Füße stampfen zielsicher um Baumstämme, Findlinge und Brombeerbüsche durch das Moos. Der Gleichtakt macht Dich schläfrig. Es fühlt sich ein wenig so an, als sitze man auf dem Rücken eines Pferdes, dass es eilig hat, nach Hause zu kommen. Du lässt den Wald an Dir vorbeiziehen und nickst kurz ein. Als Du die Augen öffnest, dämmert es gerade. Du stehst auf einer kleinen Anhöhe inmitten einer Schafherde. In der Ferne öffnen sich gerade die Tore der Stadt. Zwei gähnende Wachmänner grüßen einen wartenden Händler mit einem Wagen voller Hühner und schlurfen auf ihre

Posten. Auch Du musst jetzt herzhaft gähnen. Du streckst Deine Arme und Beine und nimmst zur Kenntnis, dass sie Dir wieder zu gehorchen scheinen. Ein Geschmack von nasser Wolle liegt Dir auf der Zunge. Du bist nicht sicher, was von alldem, was Dir durch den Kopf spukt, tatsächlich geschehen ist. Aber das spielt auch gar keine Rolle. Der Tag ist jung, und vor Deinen Füßen liegt die Stadt Gardburg mit all ihren Verlockungen. Du klopfst Dir den Staub vom Gewand, ordnest Deine Haare und schlenderst dann gut gelaunt auf das Tor zu.

ENDE

40

Du wischst den Staub vom Ledereinband und verstaust das Buch sorgfältig in den Tiefen Deiner Taschen (63).

41

Du schlängelst Dich durch das Loch und staunst. Der Raum ist größer, als Du bei einer so kleinen Tür erwartet hast. Niedrige Tische und Ablagen aus Holz und Stahl gehen nahtlos in Regale mit Körben und Schubladen über. Über den Tischflächen hängen Töpfe in allen Größen und Formen, Pfannen und Kellen. Eine große gekachelte Feuerstelle bildet das Zentrum dessen, was wohl einst die Kombüse war. Willst Du Dich näher umsehen (25)? Oder bist Du wegen etwas wichtigerem hier (64)?

42

Du trittst näher an den Schiffsrumpf und klopfst etwas Moos von dem verwitterten Schild. Tatsächlich befindet sich darunter etwas, das Du nicht erwartet hast: zwar kommt ein kompletter Schriftzug zum Vorschein, Du kannst die seltsam wolkigen Runen aber nicht lesen. Vor dem Namen des Schiffes – oder dem, was Du dafür hältst – ist noch ein Wappen zu sehen, das einen Drachen mit einem Schlüssel zeigt. Auch das Wappen ist Dir unbekannt. Willst Du die Galionsfigur näher betrachten (67)? Oder den Anker in Augenschein nehmen (12)? Du kannst auch auf die Steuerbordseite des Schiffes treten (30), zum Heck gehen (72), oder durch das Loch an Backbord einen Blick in das Innere wagen (58).

43

Du schiebst die herunterhängenden Pflanzen zur Seite und schlüpfst durch den Türspalt. Für einen Augenblick hast Du das Gefühl, in einem seltsamen Traum zu sein. Der Raum ist von Mondlicht erhellt, das durch ein gewaltiges Loch in der Decke scheint. Glühwürmchen fliegen auf und schweben dem Nachthimmel entgegen. Auf dem Boden und an den Wänden hängen große Muscheln in verschiedenen Farben, die Dich aus unerklärlichen Gründen an Brüste erinnern. Ein kleines Wasserbecken ist in den Boden eingelassen. Darin haben sich einige Seerosen angesiedelt. Aus der Mitte des Beckens ragt eine hüfthohe Säule aus grauem Marmor. Eine Schale steht auf ihrem Sockel. Darin sitzt eine dicke Kröte und starrt Dich an. Langsam bläst sie ihre Backen auf und rülpst schließlich ein tiefes, ohrenbetäubendes Quaken heraus. Du murmelst ein „Verzeihung!" und schlurfst dann unangenehm berührt zurück auf den Gang, aus dem Du gekommen bist (59).

44

Du gehst die zwölf Kisten unter den Messinghaken an Steuerbord ab. Jede hat etwa die Größe eines gut gefütterten Ferkels. Auf ihren Deckeln finden sich Reste von hellen, wolkigen Schriftzeichen, die Du nicht entziffern kannst. Bis auf eine sind alle Kisten leer. Du findest darin eine daumennagelgroße Münze mit Dir unbekannter Prägung, einen Stoffrest und einen zerbrochenen Tonkrug. Dir kommt der Gedanke, dass jemand vor Dir den Raum geplündert haben könnte. Vielleicht hat die Mannschaft sich nach ihrem Schiffbruch aber auch mit all ihren Habseligkeiten davongemacht. Möchtest Du die Leiter zum Deck hinaufsteigen (21)? Oder hast Du im Inneren vorerst genug gesehen (55)?

45

Die Planken an Deck sind feucht und voller Moos. An mehreren Stellen lugt ein Gewirr aus Tampen unter der Reling hervor. Der Fockmast ist auf Hüfthohe gebrochen und liegt quer über das Deck an Backbord. Der Aufprall hat die Reling zerschmettert, der Rumpf selbst scheint jedoch wie durch ein Wunder intakt. Weiter vorne liegen Trümmer aus Holz und rostigem Metall. Du trittst an die Bugreling, schaust hinab auf den Grund und erfreust Dich einen Augenblick an den Rundungen der Galionsfigur. Der Klüverbaum ist noch intakt, das gammelige Netz darunter sieht allerdings nicht aus, als könnte es Deinem Gewicht ernsthaft etwas entgegensetzen. Da es hier nichts mehr zu sehen gibt, gehst Du zurück zum Großmast (46) oder, falls Du dort schon gewesen bist, in Richtung Achterkastell (32).

46

Der Großmast ragt mit gut dreißig Schritten wie ein Finger aus den Planken und hat den Umfang von mindestens drei Fässern. Die Reste der Segel hängen wie herausgerissene Wurzeln an den Rahen. Hoch oben unter der Flagge gibt es einen Ausguckkorb. Von den Webleinen an den Wanten an Steuerbord ist nicht mehr viel zu erkennen. An Backbord sehen sie bis auf ein paar Lücken halbwegs erhalten aus. Willst Du versuchen, hinauf zum Ausguck zu klettern (13)? Du kannst Dich auch weiter am Bug umsehen (45). Vielleicht hast Du hier aber auch schon genug gesehen (32).

47

Sagt Dir SCHATZ etwas (<u>75</u>) oder nicht (<u>62</u>)?

48

Leise steigst Du die morschen Stufen hinauf. Der Aufstieg endet an einem kleinen Türchen mit Messingknauf. Du hältst inne. Eine Weile hörst Du nichts. Dann dringt durch die Wand vor Dir ein leises Kratzen. Dir läuft ein Schauer über den Rücken. Du tastest nach dem Knauf und drückst die Tür einen Spalt auf. Zuerst fallen Dir der Schreibtisch, die Wandregale und die von der Decke hängenden Leuchter auf. In einer Nische mit Vorhangresten ist ein Bettkasten eingelassen. Durch ein großes Fenster auf der gegenüberliegenden Seite fällt Mondlicht und lässt die weißen Laken gespenstisch aufleuchten. In der Luft schwebt der Geruch von nasser Wolle, Leder und Schweiß. Dein Herz setzt einen Schlag aus. Mitten in der Kajüte steht jemand. Der Mann ist massig wie ein Bär. Seine Pranken sind groß wie Eintopfschüsseln. Er trägt einen zerfetzten Umhang mit zotteligem Pelzrand. Von seiner Hüfte ragt der Griff eines riesigen beidhändigen Schwertes. Dir bleibt die Luft weg und Deine Beine versagen Dir den Dienst. Wie gelähmt starrst Du auf den Fremden. Seine Augen blitzen in der Dunkelheit auf und starren Dich an. Dir bleibt nicht Mal mehr Zeit, einen heiseren Schrei aus Deinen Lungen zu pressen, denn der Hüne bewegt sich rasend schnell. Er fährt herum, wetzt durch den Raum und hechtet dann Kopf voran aus dem Fenster. Du hörst einen dumpfen Aufprall. Dein Herz rast in irrem Galopp. Willst Du zum Fenster gehen und hinausschauen (<u>26</u>)? Oder bist Du einfach nur froh, mit dem Leben davon gekommen zu sein (<u>10</u>)?

49

Du gräbst Deine Finger in die moosigen Vorsprünge und drückst Dich vom Boden ab. Dein rechter Fuß findet Halt und Du kannst Dich ein gutes Stück hinaufziehen. Mit dem linken tastest Du Dich auf den Rahmen eines Bullauges vor, verlagerst das Gewicht, bekommst eine herausstehende Holzbohle zu fassen und bist schon halb durch das Loch, da leuchten Dir aus der Dunkelheit zwei Augen entgegen (27).

50

Die Ballisten zu beiden Seiten des Rumpfes haben schon bessere Zeiten gesehen. Das Metall ist rostig und die Holzteile morsch. Nur auf einer der vier Konstruktionen liegt ein Pfeil auf. In der Rumpfwand findest Du zahlreiche Luken, die sich nach oben öffnen lassen. Durch sie müssen die Waffen einst abgeschossen worden sein. Du schaust Dich weiter um, doch Du entdeckst keine zusätzlichen Pfeile. Du kannst Dir nun die Luke im Boden ansehen (11), die kleine Tür im Heck untersuchen (17), den Aufgang zum Oberdeck nehmen (32) oder zurück in das Mannschaftsquartier herunterklettern (8).

51

Es ist ein gruseliges Gefühl, als Deine Hände sich plötzlich ohne Dein Zutun bewegen, Deine Taschen abklopfen, das Buch der Freude unter Deinem Hemd hervorziehen und es der Alten reichen. Sie dreht es herum, blättert darin und schlägt es wieder zu. Ein seltsames Glimmen liegt in ihrem Blick. Sie räuspert sich und sagt: „Das behalte ich besser, bevor es in falsche Hände gerät."

Der Uhu auf dem Schreibtisch gibt ein Keckern von sich. Enttäuscht musst Du zusehen, wie das schöne Buch mit den bunten Bildern unter dem grauen Mantel der Alten verschwindet. Sie grinst wie ein Bär, dem ein Klumpen Honig in den Mund gefallen ist, dann wendet sie sich wieder Dir zu.

„Nett von Dir, dass Du es mir gebracht hast, aber was ich eigentlich suche, ist viel kleiner…"

Sagt Dir das Wort SCHATZ etwas (75) oder nicht (39)?

52

Du lässt Dich auf die Knie sinken und nimmst das Türchen in Augenschein. Die Feuchtigkeit des Waldes hat das Holz verzogen, und Du musst Deine ganze Kraft aufwenden, doch am Ende bewegt sich die Klappe in den Angeln. Dahinter befindet sich ein kleiner Hohlraum. Du steckst vorsichtig den Kopf hinein und tastest ein paar Stufen, die durch einen sehr niedrigen und schmalen Gang aufwärtsführen. Willst Du versuchen, hinaufzukriechen (6)? Oder hältst Du das für keine gute Idee (14)?

53

Du machst einen Schritt rückwärts in den Gang und ziehst die Tür hinter Dir zu. Vorsichtshalber drehst Du den Schlüssel im Schloss und lässt ihn dann wieder in Deinen Taschen verschwinden (59).

54

Du ignorierst die aufgestellten Haare in Deinem Nacken und beginnst den Aufstieg. Es kostet Dich eine gute Portion Kraft und Geschick, Dich hinaufzuhangeln. Und Deine ganze Willenskraft nicht ständig in die immer schwindelerregendere Tiefe zu schauen. An der dritten Rah machst Du eine kleine Verschnaufpause, bis Dir die Leinen unter Deinem Gewicht zu stark in Arme und Füße schneiden. Du schaust zur Mastspitze und gibst Dir einen Ruck, dann setzt Du den Aufstieg fort. Die zweite Hälfte erscheint Dir leichter, vielleicht, weil die Abstände zwischen den Wanten kleiner werden. Endlich erreichst

Du das Krähennest. Du öffnest die Luke und kletterst hinein. In der Tonne angekommen atmest Du tief durch, dann nimmt Dich die Aussicht ganz gefangen (22).

55

An Backbord öffnet sich das Loch im Rumpf wie ein Rachen hinein in die Eingeweide des Schiffes. Im Inneren ist es dunkel, durch schmale Spalten zwischen dem verwitterten Holz dringt Mondlicht. Zu Deiner Linken liegen Bug und etwas abseits der Anker. Zu Deiner Rechten ragt das Heck zwischen den Bäumen empor. Willst Du Dir den Bug ansehen (23)? Oder interessierst Du Dich für den Anker (12)? Du kannst auch zum Heck gehen (72) oder Dich ins Innere begeben (58).

56

Es ist ein gruseliges Gefühl, als Deine Hände sich plötzlich ohne Dein Zutun bewegen und Deine Taschen abklopfen. Mit einem mulmigen Gefühl schüttelst Du den Kopf. Was geht hier nur vor?

Die Alte schnalzt mit der Zunge und macht eine fahrige Geste.

„Also nicht. Aber Du hast es Dir angesehen, nicht wahr?"

Du errötest und betrachtest die Spitzen Deiner Stiefel. Die Alte lacht und zwinkert Dir zu.

„Ah! Ich weiß, woran Du jetzt denkst. Aber das ist es nicht, was ich meine."

Es ist unheimlich, wie Deine eigenen Hände sich plötzlich so fremd anfühlen.

„Was ich suche, ist etwas kleiner…"

Sagt Dir das Wort SCHATZ etwas (75) oder nicht (39)?

57

Du bist froh, dass jemand anders die schwere Tür schon für
Dich aufgebrochen hat und schlüpfst hindurch. Du findest
Dich in einem kurzen Gang wieder. Rechts und links geht jeweils eine Tür ab. Geradeaus gibt es einen Durchgang, der of-
fenbar zum Oberdeck führt. Willst Du Dir eine der Türen vornehmen (24)? Oder Dich erstmal an Deck umsehen (31)?

58

Vorsichtig schiebst Du den Vorhang aus Ranken und Moos
beiseite und betrittst den Bauch des Schiffes. Durch schmale
Spalten zwischen den Planken dringt Mondlicht. Du wartest einen Augenblick, bis Deine Augen sich an die Dunkelheit ge-
wöhnt haben und atmest den schweren Duft von Erde und ver-
rottendem Holz. Der Raum, in dem Du Dich befindest, scheint
sich von hier bis zum Bug zu ziehen. Zu beiden Seiten der
Wände ragen Messinghaken mit verwitterten Seilresten, darunter finden sich an den Boden genagelte Kisten. Auf der
Heckseite führt eine Leiter nach oben. Möchtest Du Dich hier
noch ein wenig umsehen (8)? Oder steigst Du die Leiter hinauf
(21)? Du kannst den Schiffsbauch auch wieder verlassen (55).

59

Du findest Dich in einem kurzen Gang wieder. Backbord
und Steuerbord geht jeweils eine Tür ab. Geradeaus gibt es eine
weitere Tür, die sperrangelweit aufsteht. Willst Du Dir eine der
Seitentüren vornehmen (24)? Oder nimmst Du den direkten
Weg geradeaus (74)? Du kannst auch zurück zum Deck gehen
(31).

60

Du tastest Dich durch den schmalen Gang vorwärts und
nimmst mit Händen und Knien die Treppe nach oben. Der Weg

ist unheimlich steil. Nach den ersten drei Stufen überkommt Dich ein Gefühl der Enge, als pressten sich die Wände gegen Deinen Brustkorb. Dir bricht der Schweiß aus. Drei Stufen über Dir ergießen sich Schlingpflanzen ins Innere. Ihre kleinen weißen Blüten leuchten im Mondlicht. Dicke Holzlatten ragen aus dem Rumpf und spicken den Gang wie Spieße. Du bezweifelst sehr, dass Du Dich in der Enge an ihnen vorbeiwinden kannst. Vorsichtig krabbelst Du mit dem Hintern voran die Treppe hinab und atmest erleichtert durch, als Du kurze Zeit später wieder in der Kombüse stehst (14).

61

Du trittst zwei Schritte zurück, da fällt es Dir wie Schuppen von den Augen: die Pilzkolonien, die Dir so aufgefallen sind, wachsen entlang von vier tiefen Spurrillen, die Dich an Kratzer einer riesigen Hand erinnern (9).

62

Die seltsame Frau kommt näher und schnüffelt an Dir.

„Vielleicht auch nicht."

Sie wendet sich den Büchern auf dem Tisch zu und scheint plötzlich alles Interesse an Dir verloren zu haben. Du stehst ein wenig belämmert da. Nach einer Weile sieht sie von ihrer Lektüre auf und schaut Dich an, als wundere sie sich, dass Du immer noch da bist.

„Du kannst jetzt nach Hause gehen", sagt sie und macht eine fahrige Handbewegung.

Mit Schwung fliegt die Tür auf. Du willst zusammenzucken, doch Du kannst Dich nicht bewegen. Ein Kribbeln wandert über Deine Haut vom Kopf bis zu den Fußspitzen. Plötzlich bewegen sich Deine Glieder ganz von selbst. Ohne dass Du etwas dagegen tun könntest, stampfen Deine Füße auf den Ausgang zu. Alles fühlt sich merkwürdig leicht an, als würde Dein

Körper selbst keine Kraft anwenden. Mechanisch stampfst Du durch den Gang, am Steuerrad vorbei über das Deck, hinein in die Luke zum Unterdeck. Du stampfst an den Ballisten vorbei die Stiege hinunter, durch das Mannschaftsquartier und das große Loch im Rumpf hinein in die Nacht. Es geht weiter in den Wald, nach Westen. Deine Füße stampfen zielsicher um Baumstämme, Findlinge und Brombeerbüsche durch das Moos. Der Gleichtakt macht Dich schläfrig. Es fühlt sich ein wenig so an, als sitze man auf dem Rücken eines Pferdes, dass es eilig hat, nach Hause zu kommen. Du lässt den Wald an Dir vorbeiziehen und nickst kurz ein. Als Du die Augen öffnest, dämmert es gerade. Du stehst auf einer kleinen Anhöhe inmitten einer Schafherde. In der Ferne öffnen sich gerade die Tore der Stadt. Zwei gähnende Wachmänner grüßen einen wartenden Händler mit einem Wagen voller Hühner und schlurfen auf ihre Posten. Auch Du musst jetzt herzhaft gähnen. Du streckst Deine Arme und Beine und nimmst zur Kenntnis, dass sie Dir wieder zu gehorchen scheinen. Ein Geschmack von nasser Wolle liegt Dir auf der Zunge. Du bist nicht sicher, was von alldem, was Dir durch den Kopf spukt, tatsächlich geschehen ist. Aber das spielt auch gar keine Rolle. Der Tag ist jung, und vor Deinen Füßen liegt die Stadt Gardburg mit all ihren Verlockungen. Du klopfst Dir den Staub vom Gewand, ordnest Deine Haare und schlenderst dann gut gelaunt auf das Tor zu.

ENDE

63

Interessierst Du Dich für das zerwühlte Bett (2)? Oder möchtest Du Dir die Regale näher ansehen (29)? Vielleicht findest Du auch, dass die Leuchter hier das einzig Interessante sind (66). Du kannst es Dir auch anders überlegen, und den Raum einfach verlassen (57).

64

Auf dem Unterdeck dringt Mondlicht durch die großen, vergitterten Luken in der Decke. Der Raum ist nicht sehr hoch, doch Du kannst aufrecht stehen. Links von Dir, zum Bug hin stehen zu beiden Seiten des Rumpfes jeweils zwei große Ballisten. Ein paar Schritte geradeaus steht eine Luke im Boden offen. Rechts von Dir gibt es einen Aufgang zum Deck, daneben eine kleine Tür, die in den Heckaufbau führt. Willst Du Dir die Ballisten ansehen (50)? Oder interessierst Du Dich für die Luke im Boden (11)? Du kannst auch die kleine Tür im Heck untersuchen (17), den Aufgang zum Oberdeck nehmen (32) oder zurück in das Mannschaftsquartier klettern (8).

65

„Schön, schön", sagt sie und lächelt wieder. „Lass mich einen Blick darauf werfen!"

Hast Du es noch bei Dir (51)? Oder nicht (56)?

66

Die Leuchter hängen an Metallketten von der Decke. Ruß hat ihre Ringe verfärbt. Angelaufene Messingspangen halten das trübe Glas in der Fassung. Du hebst sie vorsichtig an. Ihr Gewicht verrät Dir, dass das Öl in ihren Bäuchen längst verdunstet ist. In einem der Glaskolben liegt neben dem heruntergebrannten Stumpfen ein großes Insekt, vermutlich ein toter Grashüpfer oder eine Libelle. Hast Du genug gesehen (63)? Oder willst Du auch noch ins Innere der Leuchter schauen (16)?

67

Die Galionsfigur ist ein feines Stück Handwerk und wirkt wie aus einem einzigen Stamm geschnitzt. Farbe blättert von dem dunklen Holz, doch der Schönheit der Figur tut das keinen Abbruch. Die Frau mit den gekreuzten Schwertern vor der

Brust trägt einen Reif, der das lange Haar im Zaum hält. Anders als viele ihrer Schwestern auf kleineren Schiffen, ist sie bekleidet. Ein langer Schuppenpanzer bedeckt ihren Rumpf, ein Gürtel hält ihn in Form. Ihre Füße stecken in Stiefeln, wie Reiter aus dem Osten sie gern tragen. Die gekreuzten Schwerter sind lang und gerade, wie man sie im Norden schmiedet, vielleicht ein wenig schmaler. Das Gesicht der Frau ist ein Meisterwerk. Ihre Züge wirken so echt, als könnte sich jederzeit ein Lächeln auf sie schleichen. Und obwohl ihr die Farbe von den Augen geblättert ist, hast Du das Gefühl, dass sie Dich ansieht. Möchtest Du Dir das Messingschild am Bug ansehen (42)? Du kannst Dich auch auf die Steuerbordseite des Schiffes begeben (30). Vielleicht möchtest Du auch den Anker in Augenschein nehmen (12)? Du kannst aber auch zum Heck gehen (72) oder Dich durch das Loch an Backbord ins Innere wagen (58).

68

Du fasst die Klinke und rüttelst an der Tür. Das schwere Holz gibt nur ein müdes Ächzen von sich. Sagt Dir das Wort SAND etwas (4)? Oder nicht (35)?

69

Du besiehst Dir die leeren Kisten genauer. Einige werden nur noch lose durch morsches Holz zusammengehalten. Dort, wo sie an der Innenwand gestapelt sind, sind die Vorderseiten wie von Axthieben zersplittert. Über die Trümmer am Boden hat sich ein Teppich aus Moosen und Gräsern gelegt. Die Fässer sind in einem ähnlichen Zustand. Was hier transportiert worden ist, ist nicht mehr zu erkennen. Wie es aussieht, hat den Inhalt schon vor langer Zeit jemand mitgenommen. Vielleicht hat ihn sich auch der Wald einverleibt. Du willst Dich gerade wieder dem Aufgang zuwenden, als Du ein Leuchten in dem Fass mit dem Sand und den Kieseln bemerkst. Als Du näher herantrittst, kannst Du etwas Metallenes erkennen. Du wischst den Sand beiseite. Da liegt ein Schlüssel! Er ist fast so lang wie Deine Handfläche und hat einen kurzen, mehrzackigen Bart. Bis auf einige Rostflecken ist er noch gut erhalten. Du steckst ihn ein, merkst Dir das Wort SAND und kletterst zurück zum Unterdeck (64).

70

Das Loch über Dir hat etwa einen Schritt Durchmesser und wirkt wie ausgebissen. Du wirfst einen prüfenden Blick auf ein paar vorstehende Holzleisten. Willst Du es wagen, hinaufzuklettern (5)? Oder siehst Du Dich lieber am Boden weiter um (9)?

71

Die Feuerstelle besteht aus einem viereckigen Loch im Boden, das mit hellen, schmutzverkrusteten Kacheln ausgelegt ist. Genau darüber hängt ein gezahntes Metallteil, an dem wohl die Töpfe aufgehängt wurden. Neben den Kacheln liegt eine Metallplatte mit daumendicken Löchern auf dem Boden. Sie ist höllisch schwer und auf einer Seite voller Ruß. Vermutlich hat sie als Abdeckplatte für die Feuerstelle gedient. Das Loch im Boden selbst ist voller Asche. Mitten in den schwarzen Flocken liegt ein Stück verbranntes Leder. Du greifst danach und erkennst erst, als Du es hochnimmst, dass es sich um den Einband eines Buches handelt. Von den Seiten finden sich nur Reste an der Bindung, die wie schwarz berandete Wellen aussehen. Die Kanten des Lederdeckels hat das Feuer verschlungen, nur der Buchrücken ist unversehrt und mit den wolkigen Runen bedruckt, die Du schon zuvor hier gesehen hast. Das Einzige, was Du lesen kannst, ist die Zahl 7. Vielleicht sieht das Zeichen aber auch nur aus wie eine Sieben und hat eine ganz andere Bedeutung. Mit einem Seufzer legst Du das Buch zurück in die Asche.

Möchtest Du Dir noch den Kessel ansehen (38)? Oder hält Dich hier nichts mehr (64)?

72

Du steigst über ein paar Findlinge und starrst zum gewaltigen Achterkastell hinauf, das wie ein Haus mit Zinnendach dem Rumpf aufsitzt. Der Wald hat das Schiff hier am Stärksten in Schiff Besitz genommen. Neben Moosen und Schwämmen ranken sich hier Blauregen und Wicken die dunklen Wände hinauf. Vor den kleinen, gelben Butzenfenstern leuchten die blassvioletten Blüten im Mondlicht. Möchtest Du auf die Steuerbordseite des Schiffes gehen (18)? Oder hast Du an Backbord noch etwas zu erledigen (55)?

73

Mit einem ganz schlechten Gefühl im Nacken schlängelst Du Dich hastig durch die Enge und schrammst dabei mit dem Scheitel an einer Holzlatte vorbei. Du stolperst über eine Stufe, gerätst aus dem Gleichgewicht und schlägst nur deshalb nicht der Länge nach hin, weil im Gang kein Platz dafür ist. Stattdessen kannst Du gerade noch die Hände hochreißen und die Beule Deines Lebens verhindern, als Du gegen die Rumpfwand klatschst. Einen Augenblick hängst Du im Gang durch wie ein Angelhaken, dann hast Du Dein Gleichgewicht wieder. Du kletterst die letzten Stufen herunter, krabbelst durch die Luke und atmest auf, als Du wieder in der Kombüse stehst (14).

74

Du trittst auf die Türschwelle und siehst Dich um. Zuerst fallen Dir der Schreibtisch, die Wandregale und die von der Decke hängenden Leuchter auf. In einer Nische mit Vorhangresten ist ein Bettkasten eingelassen. Durch ein großes Fenster auf der gegenüberliegenden Seite fällt Mondlicht und lässt die weißen Laken gespenstisch aufleuchten. In der Luft schwebt der Geruch von nasser Wolle, Leder und Schweiß. Dein Herz setzt einen Schlag aus. Keine zwei Schritte neben Dir steht jemand. Der Mann ist massig wie ein Bär. Seine Pranken sind groß wie Eintopfschüsseln. Er trägt einen zerfetzten Umhang mit zotteligem Pelzrand. Von seiner Hüfte ragt der Griff eines riesigen beidhändigen Schwertes. Dir bleibt die Luft weg und Deine Beine versagen Dir den Dienst. Wie gelähmt starrst Du auf den Fremden. Seine Augen blitzen in der Dunkelheit auf und starren Dich an. Dir bleibt nicht Mal mehr Zeit, einen heiseren Schrei aus Deinen Lungen zu pressen, denn der Hüne bewegt sich rasend schnell. Er fährt herum, wetzt durch den Raum und hechtet dann Kopf voran aus dem Fenster. Du hörst einen dumpfen Aufprall. Dein Herz rast in irrem Galopp. Willst Du zum Fenster gehen und hinausschauen (26)? Oder bist Du einfach nur froh, mit dem Leben davon gekommen zu sein (10)?

75

Die seltsame Frau kommt näher und schnüffelt an Dir. Wieder bewegen sich Deine Hände wie von selbst über Deine Taschen, ziehen das kleine Kästchen hervor und reichen es der Alten. Du musst mit ansehen, wie sie es öffnet, den Ring herausnimmt, ihn kurz betrachtet und dann achtlos fallen lässt. Ihr Blick erhellt sich, als sie ein weiteres Mal in das Kästchen greift. Vorsichtig holt sie die verschrumpelte Haselnuss hervor und dreht sie staunend zwischen den Fingern hin und her. Sie kramt ein Döschen in der Form eines Eis hervor und legt die Nuss behutsam hinein. Dann stößt sie einen tiefen Seufzer aus, streichelt dem riesigen Uhu über die Brust und wendet sich pfeifend den Büchern auf dem Tisch zu. Du stehst ein wenig belämmert da. Nach einer Weile sieht sie von ihrer Lektüre auf und sieht Dich an, als wundere sie sich, dass Du immer noch da bist.

„Danke für Deine Hilfe. Du kannst jetzt nach Hause gehen“, sagt sie und macht eine fahrige Handbewegung.

Mit Schwung fliegt die Tür auf. Du willst zusammenzucken, doch Du kannst Dich nicht bewegen. Ihr Blick fällt auf den Ring.

„Oh. Das hättest Du sicher gern.“

Sie hebt das Kleinod vom Boden auf, legt es zurück in das Kästchen und steckt es Dir in die Tasche. Dann klopft sie Dir auf die Schulter, zwinkert Dir zu und sagt: „Man sieht sich.“

Ein Kribbeln wandert über Deine Haut vom Kopf bis zu den Fußspitzen. Plötzlich bewegen sich Deine Glieder ganz von selbst. Ohne dass Du etwas dagegen tun könntest, stampfen Deine Füße auf den Ausgang zu. Alles fühlt sich merkwürdig leicht an, als würde Dein Körper selbst keine Kraft anwenden. Mechanisch stampfst Du durch den Gang, am Steuerrad vorbei über das Deck, hinein in die Luke zum Unterdeck. Du stampfst an den Ballisten vorbei die Stiege hinunter, durch das Mannschaftsquartier und das große Loch im Rumpf hinein in die Nacht. Es geht weiter in den Wald, nach Westen. Deine Füße stampfen zielsicher um Baumstämme, Findlinge und Brombeerbüsche durch das Moos. Der Gleichtakt macht Dich schläfrig. Es fühlt sich ein wenig so an, als sitze man auf dem Rücken eines Pferdes, dass es eilig hat, nach Hause zu kommen. Du lässt den Wald an Dir vorbeiziehen und nickst kurz ein. Als Du die Augen öffnest, dämmert es gerade. Du stehst auf einer kleinen Anhöhe inmitten einer Schafherde. In der Ferne öffnen sich gerade die Tore der Stadt. Zwei gähnende Wachmänner grüßen einen wartenden Händler mit einem Wagen voller Hühner und schlurfen auf ihre Posten. Auch Du musst jetzt herzhaft gähnen. Du streckst Deine Arme und Beine und nimmst zur Kenntnis, dass sie Dir wieder zu gehorchen scheinen. Ein Geschmack von nasser Wolle liegt Dir auf der Zunge. Du bist nicht sicher, was von alldem, was Dir durch den Kopf spukt, tatsächlich geschehen ist. Aber das spielt auch gar keine Rolle. Mit

einem Grinsen ziehst Du das Kästchen aus der Tasche, öffnest
es und betrachtest den Ring. Er scheint tatsächlich aus Gold zu
sein. Die drei blassroten, feinfacettierten Edelsteine funkeln in
der Sonne. Bestimmt ist er eine hübsche Summe wert! Du atmest tief ein, schließt die Augen und genießt die warmen Son-
nenstrahlen auf Deinem Gesicht. Der Tag ist jung, und vor Deinen Füßen liegt die Stadt Gardburg mit all ihren Verlockungen.
Du klopfst Dir den Staub vom Gewand, ordnest Deine Haare
und schlenderst dann gut gelaunt auf das Tor zu.

ENDE

Schon vorbei?

Wenn dir dieses interaktive Abenteuer gefallen hat, hinterlasse gerne eine Rezension beim Buchanbieter Deiner Wahl und besuche Kat auf www.katvancasteren.de

Weitere Bücher von Kat van Casteren

Der Brunnen – Fantasy-Spielbuch
erscheint am 01.05.2024

Über Kat

Kat van Casteren segelte schon auf einem Gaffelschoner durch einen Orkan, schoss Pfeile von einem rennenden Pferd, zechte mit Trollen in einem Drachenhort und wird häufig mit dem gestiefelten Kater verwechselt, trägt aber gar keine Stiefel.

Kat ist mal hier und mal dort und streift am Liebsten durch die Feenwälder im Land der Tausend Seen, stets auf der Jagd nach einem dicken Fisch oder einer verlorenen Geschichte.

www.katvancasteren.de